詩画集

花のつぶやき

眞弓 まちこ

文芸社

深い悲しみ

あまりにも　冷たい　ことばに
ただ　怯えるだけ
あまりにも　惨い　ことばに
ただ　涙するだけ
あまりにも　怖い　ことばに
ただ　震えるだけ

私の心は　傷ついてしまった
私の心は　凍りついてしまった
私の心は　閉ざされてしまった

あなたは　暗闇の　どん底の
世界を知っていますか
どんなに怖い世界か　わかりますか
地獄って この世界より　まだ　怖いのでしょうか
何も聞こえず　何も見えず　助けもなく
この暗闇の中
底のない
暗闇の世界

失われた
愛

あなたに突然、
つきおとされた
どん底の
世界

チューリップ
白

切実な思い

暗闇の中　あなたは
何を思いますか
思い出しますか

私はいやな事を　忘れることにします
思い出したり
しないようと
思います

この暗闇
の中で

トリトマ

不安を取り除いてください

パニック　怖い
あなたは　この怖さ
わかりますか

わかってもらおうなんて
思いませんが

なぜ　パニックがおこるのか
わかりますか

わかって　ほしいです

わかっていると　思います

クリスマスローズ

楽しい思い出

にちにちそう

うその 世界の 始まりは
うその世界で
終わる

夢の 世界の 始まりは
夢でおわらせたくない

うその 世界が こんなに 多く
あるなんて

夢の 世界が こんなに
むずかしいなんて
そして 楽しいなんて

臆病な心

何かに　怯えてるような顔

何かに　とりつかれたような顔

何かに　助けを求めているような顔

泣いてばかりで　むくんでいる目

鏡の中の　今の私の顔

一日でも 早く 心をきりかえ

昔の元気な 顔に なりたいな‥‥

しばざくら

気どりのない心

人って　つきあって　みないと
わからないですね
人って　つきあって　はじめて
少し　その人のこと
わかるんですね
人って　つきあって　ゆっくり　時間をかけて
やっと　その人の心が
少し　わかるように
なるんですね
でも　その時には
もう　遅いですね

シンビジウム

不幸な恋

長い細い道
草花を見つける
余裕がありますな
小さな虫たちを見つける
余裕がありますな

今の私
自分のことすら見つける
余裕はありません

すかびおさ

こぶし

友だちって いいな

やさしくしてくれる　友だち

しかってくれる　友だち

友

はげましてくれる　友だち

冗談言って 笑わしてくれる　友だち

ただ じっと 見つめてくれる　友だち

ずっと そばにいてくれる　友だち

話を聞いてくれる　友だち

愛

遠い所 会いに来てくれる　友だち

友だちっていいな

私も こんな友だちで

いたいな

勇気

頑張って　ふんばって
力 いっぱい
生きるということは
どうしても　死にたいという
行動をとるより
はるかに 簡単なことだと
死を考えた時　私は思った

たいむ

いつか　来てくれる
あしたかな
あさってかな
願いを
かなえて

いつか 来てくれる
きっと 来てくれる

私は 信じて　待っている
私を 迎えに　来てくれる

死神様を　待っている

なつかしい思い出

何にも知らないで
生きていくより
何かを知って
生きていくほうが
つらくても　悲しくても
後になって　よかったなあ　と
思う時が　くるだろう
いつか　きっと

幸運

自分の幸せだけ 望む人は
幸せですか
人の不幸を見て見ぬふりできる人は
幸せですか
人の幸せ うばう人は
善悪を 見極める人ですか
あなたは
どうですか
私は
どうですか

誠実な心

言っては いけない ことばがある
言って あげた方が よいことばがある
どうしても 言わなければ ならない
ことばがある

ことばって むずかしいですね

言ってしまって 後悔する
言わない ように
と思うけど

ある人が 昔 教えてくれた

マーガレット

『言いたいことがあったら
あした言えばよい』と

とろろあおい

人が 信じられなく なる時
ありますか

人を 信じようと もがいた事
ありますか

あなたを
信じます

信じようとか
信じられないとか

その人に対して その時の自分の
気持ちのあり方だと
思うのですが

友への思い

顔も　見たくない人
声も　聞きたくない人
うわさも　耳にしたくない人
名前も　出したくない人

どこかで 私のこと
こんな ふうに 思っている人がいる
たとえ その人が あなたで あっても
それは それで
私は しあわせ

ほそば ひゃくにちそう

努力

それでも
やっぱり
生きて
いかねば
いけないのでしょうか

ばいも

ぬくもり
やさしさ
あたたかさ
おだやかさ

温
和

ほっとする
ことば ですね
私たち 人間の
おもいやりの
愛のことば
ですね

もみじあおい

縁があったら
また 会えるでしょう
縁があったら
元気で いたなら

また会う日まで

いつか どこかで

縁があったら
どうか
声を かけて
ください

ねりね

私は幸せ

人をうらぎるより　うらぎられる方が
人に冷たいことば　はき捨てるより
その冷たいことばに
耐える方が
ずっと　ずっと
幸せなのでしょうか
だと　すると
私は幸せ者です

くちなし

雑草の片隅に
かわいい 野バラを
見つけた

ひかえめ

そんな まわりに 気を使いながら
咲かなくても
よいのに

清らかな心

心がきれい
　と言ってくれる人がいる

すなおだね
　と言ってくれる人がいる

お人よしだよ
　と言った人もいる

私は私のこと
　ただの弱虫だと思うだけ

かすみそう

人の弱さ　他人には 見えないですね
自分でも 普段は　わからないですね

人の弱さ
元気そうに 見えてても 精神的にもろいですね

思いやり

心の弱さ
人に伝えられない
のです
だから ひとりで
悩むのです

他人の心の弱さには
やさしく 聞いて
あげよう
うなずいて
あげよう
たとえ 強く ならなくても
少しは 楽に
なるでしょう

アルメリア

愛のきずな

こんなに　しあわせなのに
こんなに　めぐまれているのに
なぜ　どうして？
おそろしいこと　こわいこと
考えて　しまうのだろう

ウォールフラワー

長い年月の間には
いっぱい　いっぱいの　思い出がある

でもね　思
い
今は　頭に入ってないの　出

怖い思いをしたことだけ

もう少し　時がたてば
もう少し　元気になれば
もう少し‐‐‐‐‐

母への愛

母は『感謝する』こと
教えてくれました

母は『病気に負けるな』と
教えてくれました
何才になっても母は母
何才になっても私は子ども
でも 私
母のように強くありません

門出

きれいに咲いた花
この花が散るころ
次の蕾が咲くだろう

恋も咲きおわった後は
次の蕾が花ひらくのかな

それとも
蕾が咲くから
今まで咲いていた
花が恋が
じゃまにされ
おとされ散るのだろうか

別離

スイトピー

ひらめき

先生　初めて　会った時

私を　暗闇の　世界から

助けてくれる　と

思ったよ

めがねの中の

瞳が　やさしかった

から

気だての よい娘

入院前　私が パニくっている時
ふたりの娘が 心から心配してくれ
いたわって くれたよ
やさしい子に育ってくれた
誰にでも 思いやりの
ある人に
なってもらいたい なあ

もも

私　人を信じすぎたんだよね

友だち　だからって

けがれなき

心

うらぎらない

かぎらな

心がわり

なんで　人は　こんなに

すぐに

心がわり　できるの

先生も　こんなに　簡単に

心がわり　したことある？

とうわた

悲しみは続かない

9月の初めから
おちこみ
泣いてばかり
だった

ヒペリカム　でも
先生の魔法のおかげで
このごろ　けっこう楽しい入院
一人暮しできるようになってきたよ
いつくるかわからない
不安をのぞけばだけどね

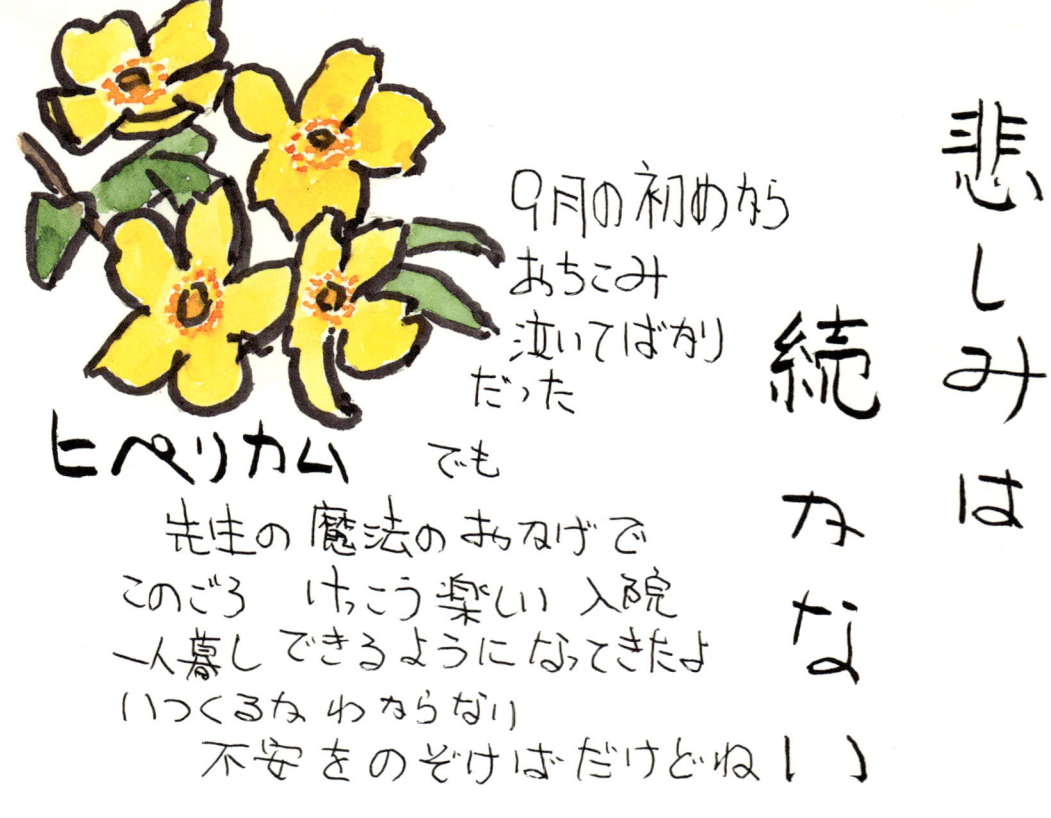

気だての
よい娘

入院前　私がパニくっている時
ふたりの娘が　心から心配してくれ
いたわって　くれたよ
やさしい子に育ってくれた
誰にでも 思いやりの
ある人に
なってもらいたいなぁ

もも

私　人を信じすぎたんだよね

友だち　だからって

けがれなき

心

うらぎらないって

かぎらないものね

善良で陽気

あねつめくさ

私に絵手紙(?)
教えてくれた
O.L.時代の先輩
少し てんねん 入ってるけど
誰にでも すごく やさしく
思いやりが
あるの
私も ちょっと
つめのあねでも
もらおうかな

不在の友を思う

もう　二度と　会うことのない
もう　二度と　話しあうことのない
人々へ
このままの　別れには
あまりにも　冷たいけれど
人の　別れって　こんなもんだなあ
これで　よかったのかも
お互い　みんな
しあわせで
いたいね

ひゃくにちそう

信じあう心

先生のこと
すごく信じてるの
だから その$\frac{1}{5}$でも
いいから

私のことも信じて ほしいの

何でも かくさず 先生に
言ってるから
信用してもらえないの
かなあ

ブルースター

友への思い

先生のおかげで　私の心に少し余裕が
できたよ
友だちのことも 考えてあげることが
できるようになったと思うよ
ほんの ちょっと だけ

ほうばひゃくにちそう

平凡

ふつうの生活

私が 他人様には
理解してもらいにくい
難しい病気になるなんて

今までみたいな
平凡で楽しく パニックの来ない
生活が くるのかな
パニックは 怖い から
いやだよ
もう いらない

ぼけ

逆境に耐える

先生や父さんは
仕事でいろいろな事が
あるから強いんだね
私は世間がせまく
苦労もしらない
箱入り
奥さんだったから
こんなに
弱虫になったんだね

幸せの再来

パニック症に
なって
いろんな
怖い経験
などしてきたけど
父さんの
良い所が
ひとつ　ひとつ
増えていくのが
わかるよ

父さんは　私のこと
どう思って
くれてるのかナ
私は父さんが
大好きだよ
でも
ひとつだけ
たったひとつだけ
お酒飲みすぎない
ようにしてほしいよ

フクシア

信頼した愛

温かい心

先生の横で ゆこくった時

魔法じゃなくて 先生の大きな手から
温かい心が 伝わってきて すごく気持ちがよく
薬を飲まないのに 気分が やすらいでいったよ
怖い顔しないでね
ありがとう 先生

先生ありがとう
命の恩人
心の恩人
魔法を使う人
先生のいろんなおかげで
退院することができるんですね
もとのような元気にしてくれて
ほんとうに先生ありがとう

感謝します

これからは　毎日
先生の顔みられないけど
甘えずにゆっくりのんびりと
パニック菌を
やっつけていきます
おまもりは
ちょうだいね

おとめぎきょう

詩画集　花のつぶやき

2002年5月15日　初版第1刷発行
著　者　眞弓　まちこ
発行者　瓜谷　綱延
発行所　株式会社文芸社
〒160-0022　東京都新宿区新宿1-10-1
電話　03-5369-3060（編集）
03-5369-2299（販売）
振替　00190-8-728265

印刷所　東銀座印刷出版株式会社

ISBN4-8355-3805-6 C0095